KB050121

집 우물

시작시인선 0254 집 우물

1판 1쇄 펴낸날 2018년 3월 29일
지은이 김완하
펴낸이 이재무
책임편집 박은정
편집디자인 민성돈, 장덕진
펴낸곳 (주)천년의시작
등록번호 제301-2012-033호
등록일자 2006년 1월 10일
주소 (04618) 서울시 중구 동호로27길 30, 413호(묵정동, 대학문화원)
전화 02-723-8668
팩스 02-723-8630
홈페이지 www.poempoem.com
이메일 poemsijak@hanmail.net

ISBN 978-89-6021-362-3 04810
978-89-6021-069-1 04810(세트)

값 9,000원

*이 책의 국립중앙도서관 출판시도서목록(CIP)은 서지정보유통지원시스템 홈페이지(http://seoji.nl.go.kr)와 국가자료공동목록시스템(http://www.nl.go.kr/kolisnet)에서 이용하실 수 있습니다.(CIP 제어번호: CIP2018009727)

*본 사업은 대전문화재단, 대전광역시 DAEJEON METROPOLITAN CITY 로부터 사업비 일부를 지원받았습니다.

집 우물

김완하

천년의 시작

시인의 말

내가 시인이 된 지도 어느새 햇수로 30년이 넘었다. 이제 여섯 번째 시집을 낸다. 주변을 돌아보니 앞서 달려가 빛나는 언어를 뽐내는 친구도 있다. 그러나 어느새 시단에서 얼굴이 사라진 친구도 여럿 있다. 그래서 끝까지 포기하지 않으면 이긴다고 했던가.

이제야 시를 알 것 같은 느낌, 그러나 펜을 들면 다시 막막해지는 기분. 그래도 시와 함께해 온 30년 시간에 대해 한없이 감사한다. 앞으로도 나는 시와 함께 더 깊이 살아갈 것이다.

이 봄에 다시 내 시의 봄으로 돌아가 처음 시를 쓰던 그 순간의 감격과 설렘으로 새로이 시작하려 한다.

차 례

시인의 말

제1부

집 우물 —— 13
새벽의 꿈 —— 14
안성 —— 15
연못 치기 —— 16
새벽 신문을 펼치며 —— 18
새끼 새 같던 날 —— 20
거울 속의 고요 —— 21
어머니의 손맛 —— 22
자염 —— 23
어정칠월이 오면 —— 24
맛의 고향 —— 26
감잎으로 찾아왔지 —— 27
서대전역 —— 28

제2부

금문교 ——— 33
하늘과 바람과 별과 시 ——— 34
내 사랑 버클리 ——— 36
버클리 사랑 ——— 38
크로노스 미궁에서 ——— 39
평창 순두부 ——— 40
라피엣에서 ——— 42
야간 비행 ——— 44
귀거래사 ——— 45
상아탑 ——— 46
시인의 천국 ——— 47
물의 생生 ——— 48

제3부

봄밤 ——— 53

노루귀 ——— 54

덕유산 연봉連峰에서 ——— 56

그늘을 부려놓았네 ——— 58

느티나무 ——— 59

강경포구에서 ——— 60

갯벌 낙지를 잡으며 ——— 62

느티나무와 마을 사람 ——— 63

걸매리 사람들 ——— 64

노을 속 동학사 ——— 66

발자국 ——— 67

이사리 ——— 68

횃불 ——— 70

제4부

무선부호를 송신하다 ——— 75

소금꽃 ——— 76

무창포 바닷길 ——— 77

바다 한 줌 ——— 78

풍경 밖의 풍경 ——— 79

그래도 산성동의 밤은 푸르다 ——— 80

눈 내리는 금강 ——— 82

바위 속으로 꽃 그림자 ——— 83

꽃의 마음 ——— 84

꽃길 ——— 85

꽃의 일생 ——— 86

꽃 진 뒤 ——— 87

제5부

공중의 사랑 —— 91
대천항에서 —— 92
만대항에서 —— 93
안흥성 —— 94
다도해 —— 95
출항 —— 96
눈사람 —— 97
시의 언덕 —— 98
증축 —— 100
회오리 —— 101
바다 —— 102

해설

송기한 기억 속에 저장된 향기의 마취력 —— 103

제1부

집 우물

우리 집 우물은 일 년에 한 번 바닥을 쳤다

그해 수확한 밀을 빻기 위해 새벽부터 밀을 일었다 큰 대야에 물을 길어 올리면, 오후 서너 시경에 몇 가마 밀을 다 일 즈음 우물은 바닥을 드러냈다 어둠 속에서도 일렁이며 푸른 별빛을 살려 내던 우물이 모로 돌아누웠다

우물이 바닥을 보이면 그 위로 지나는 구름이 잠시 그늘을 쏟고 갔다 우물가 팽나무는 기운이 떨어지고 장독대 항아리도 서늘한 침묵을 쓰고 웅크렸다

그날 밤 잠이 오지 않는 나의 귓가에 집이 어둠 속으로 강물 끌어당기는 소리 들렸다 집은 신음 소리를 내며 밤새 허기를 채우려 달빛을 빨아들였다

그 밤 나의 꿈속으로는 별들이 소리를 내며 부서졌다 내 겨드랑에서 날개가 자랐다 한밤내 하늘을 날다 깨어나면 내 아랫부분이 이슬에 흠뻑 젖어 있었다

새벽의 꿈

새벽은 숫돌에서 푸르게 날이 섰다
어둠 속에서 낫을 미시는 아버지 어깨가
두꺼운 어둠 벽을 무너뜨렸다
새벽 들길에 이슬 한 짐 지고 오셨다

내 아침잠에서 깨어날 즈음
안마당에 부리시던 아버지 지게
어둠 속에서도 점점 부풀어 올랐다
아버지 뒷동산을 지고 일어서셨다

마당에 가득 풀들이 튀어 올랐다
고요한 뜰 위로 생기를 불어넣으며
집 안은 온통 풀 내음에 출렁거렸다
하루가 새 길을 트고 있었다

종아리에 묻은 풀씨 쓸어내리며
아버지 베잠방이 주머니에서
샛노란 참외 두 개를 내놓으셨다
삼베옷에 쓱쓱 문질러 낫으로 깎아주시면
달고 시원한 맛 속으로 하루가 힘차게 달려갔다

안성

학교에서 집에 돌아오면 대문은 늘 잠겨 있었다 문 밑으로 기어들어 가 혼자 숙제를 하고 딱지를 접다 잠들고 깨어났다

밖으로 나와 안성읍 쪽으로 눈길 돌려 한참을 기다리면 한 마장 떨어진 곳에서 누나들 흰 칼라 빛내며 코스모스 길을 따라오고 있었다 반가운 마음으로 몇 발자국 내달리다 지나는 트럭이 퍼붓는 먼지 속에 갇히곤 했다

누나들의 감색 교복에 흰 칼라 자주색 가방도 먼지 속에 파묻혀 보이지 않았다 어디쯤 오고 있을까 목을 빼고 한참 기다리면 서서히 열어지는 먼지 속에서 누나들이 툭툭 털며 걸어 나왔다

코스모스는 먼지 속에도 일렬횡대로 한들거렸다 초가지붕 위에 박 덩이는 둥글었다 텃밭의 고추는 유난히 빨갛게 익어갔다

누나들은 다음 날 다시 먼지 속으로 이십 리 길을 걸어갔다 툭툭 먼지를 털며 걸어가고 걸어오며 양쪽 갈래머리가 눈부시게 출렁거렸다

연못 치기

농사일이 끝나면 마을 어른들은 연못에 물 퍼내는 축제를 펼쳤다 둠벙 안의 물이 줄어들면 우리들 가슴은 벅찬 설렘으로 차오르기 시작했다 물이 줄어 바닥이 느껴지면 가슴은 더 두근대곤 했다 구름은 흐름을 멈추었다 너른 들녘도 침묵을 풀지 않았다

바닥까지 물이 줄자 파다닥 땅을 치며 들녘이 요동치고 뒤척였다 나는 연못 깊이 살고 있는 신비한 물고기를 기다렸다 가물치 미꾸라지 뱀장어 붕어 새우 구구락지, 내게는 시시한 것들을 잡으려 동네 사람들 모두 손뼉 치며 이리 뛰고 저리 뛰기 바빴다 둠벙 하나에 마을이 통째로 빠져 있었다

연못이 다 잦아들고 온종일 진흙 속을 뒤져도 내가 찾는 물고기는 없었다 텅 빈 바닥에 바람이 와 누웠을 뿐이다 한 아름 자배기의 고기를 안은 아버지 뒤를 따라 집으로 돌아왔다

그때는 사람들이 작은 연못에 그토록 주력하는 것을 통 이해할 수 없었다 늦게야 그것이 마을 사람과 논을 키우는 첫 농사라는 것을 알았다 물이 차츰 줄어들어 거기 비친 하늘이

사라진 뒤에야 마을 사람들은 연못에서 풀려나 집으로 돌아 가곤 했다

봄이면 아버지는 다시 연못의 물을 끌어 논에 대기 시작했다 그러면 연못 속에서 커갈 신비한 물고기 따라 내 꿈도 점점 더 깊어져 가는 것이었다

새벽 신문을 펼치며

새벽어둠을 가르는
자전거 급브레이크
안마당으로 툭 하고 떨어지던 한국일보
아버지 주섬주섬 일어나서
어둠 속에서 신문을 건져 올리셨다
호롱불 앞에 바다처럼 펼치셨다

확 풍기는 기름 냄새가
코에 와 닿으면
어시장 생선처럼 튀어 오르던 활자
아버지 펼치신 신문 속 세상은 내게 멀고
아릿한 달빛 별빛 꿈결 속으로
나의 유년도 함께 달려갔다

중학생이 된 어느 날,
신문이 눈에 들어오고
시가 다가왔다
내가 먹고 자랄 꿈이 거기 돋아나 있었다
신문 한편에 실려 오는 시를 읽으며
가슴이 마구 뛰었다

이제 아버지 떠나신 빈자리
시가 내게 남았다

새끼 새 같던 날

땡볕 속 밀을 베다가 벌에 쏘여
아버지 얼굴이 메기처럼 부어올랐다
낯설어 자꾸 쳐다보는 나를 보며
아버지가 웃으시는데,
떨어지는 해까지 벌겋게 부풀어 올랐다

아버지의 재빠른 낫질이
사마귀처럼 밀밭을 먹어치우는 내내
얼굴 일그러진 아버지는 낯선 아저씨 같았다
어미 노고지리가 하늘로 솟아오를 때
나는 둥지를 찾아 새끼 새를 날려 보냈다

밀밭 낫질이 다 끝날 즈음
아버지 부은 얼굴도 가라앉고
지게 발목 두드리며 집으로 돌아오는 길
어깨가 기울어진 그림자 뒤로
종종거리는 작은 그림자가
마지못해 천천히 따라갔다

거울 속의 고요

가을 숲으로 난 길에는 거울이 하나 서 있었다 걸어오던 길에서 나는 잠시 숨을 고르며 거울 속의 고요를 눈여겨보았다

뚜벅뚜벅 걸어갔을 아버지의 발자국이 스미고 이어 내 발자국이 살아나기 시작한다 아들의 손을 잡고 갈참나무 한 그루 쓸쓸히 잎을 비우고 있었다

싸리나무 한 그루도 가파른 제 어깨를 스스로 보듬어 안고 있었다 순간 숲의 풍경을 찢으며 흰 구름 한 자락이 거울 속 고요를 맑게 지우고 갔다

말채나무 채찍이 숲의 등짝을 후려 팼다 가없는 시간의 자맥질 속으로 별빛이 와서 숲의 고요를 다지며 어둠의 깊이를 재고 있었다

어머니의 손맛

그늘 깊어지는 날을 택해 길 떠나자
삶이 도타운 마을에 정도 깊어라

버드나무 가지에 바람 실릴 때
연잎엔 하늘이 고이고
토란잎에 구름 얹히면
느티나무 평상 둘레에 맛은 깊어라

뽕나무밭엔 붉게 오디가 익고
한천에는 붕어가 살져 있어
풋고추로 지진 붕어찜에 땀을 흘리며
어머니의 애호박 칼국수로 후끈한 저녁

우리들 고향이 당기는 건
어머니의 손맛이 간절한 것,
그 맛을 찾아 어디론가
훌쩍 길 떠나고 싶은 것이다

자염*

바닷속으로 가야 할 길이 있네
그 길로 가기 위해
바닷물 재워 하얀 길을 여네

갯벌의 바다에 가마솥 불 지피면
기다림도 한낮을 넘어 한껏 맛이 들고
바다의 마음도 활짝 꽃으로 피네

사는 일에 지칠 때마다
바다로 길 찾아 나서면
파도는 언제나 제 안을 열어주었네

불길 속에서 별빛이 뜨고
소금의 흰 핏줄이 뜨겁게 번질 때면
어머니 무슨 생각을 하셨을까

소금이 짠 것은 땀과 눈물
그것으로 세상은 상하지 않네

* 자염煮鹽: 충남 태안 지역에서 바닷물을 끓여 만드는 소금.

어정칠월*이 오면

어정칠월이 오면 강으로 가자
조각배 노를 저어
바위 이끼 많은 곳에 어망을 놓자
강가에 선 버드나무에 손을 흔들자

엊그제 놓은 어망 힘껏 들어 올리자
망 속에서 튀어 오르는 피라미 새우 붕어
통통한 을문이** 새까만 눈동자
고향 친구 호선이는 을문이를 닮았지

한 뼘 뽕잎 위에도 구름이 머물고
먼 산 너머에 뻐꾸기 울면
바쁜 농사일도 잠시 숨을 고르고
탑정호 을문이도 통통히 살이 오른다

삶이 곱게 자물리는 물길 따라
물꽃은 자오록이 피어나고
고향에 눌러사는 을문이도
칠월 그리움으로 살이 차오른다

* 어정칠월: 별일이 없어 어정거리다 지나가 버린다는 뜻으로, 음력 칠월을 이름.

** 을문이: 충남 논산시 탑정호 부근에만 사는 효자 물고기.

맛의 고향

장독대에 내리는 구름의 발자국
이슬마다 고이는 어머니 눈빛
맛의 깊이는 인심의 깊이인 걸

사라지는 맛을 찾아
잃어버린 들길로 발길 닿을 때
느티나무 그늘에 둘러앉아
비로소 마을에 안기네

맛은 우리의 새로운 과거
빠르고 쉬운 삶에 빠져
잊었던 너와 나의 얼굴이네

사라진 맛은 기다림과 정성
삶을 다스리는 숙성의 시간이네
맛도 빛과 멋으로 함께 깃들이는
마을 길을 걸어야 찾을 수 있네

푸른 텃밭의 흙살에 안길 때
더 깊은 고향에 닿을 수 있네

감잎으로 찾아왔지

어머니의 장독대는 하늘과 마을이 닿은 곳. 어머니 보이지 않아 달려가면 장독대에 고개를 박고 계셨지. 어머니 항아리 속 더 큰 바다를 들여다보고 계셨지. 장독에 비친 구름을 물끄러미 읽고 계셨지

어머니 그 눈빛으로 장독대는 깊어져 갔지. 삭혀 온 시간의 향기가 저녁 밥상에 구수한 된장으로 살아나고, 장조림의 곰삭은 빛으로 스미곤 했지

어느 날부터 그곳은 늦은 나이 시집 못 간 누이 가을로 이어졌지. 장꽝이라 부르면 정감은 배가하고 절정은 가을에 왔지. 늦여름 지고 선들바람 불기 시작하면 장독대는 먼저 붉게 물이 든 감잎으로 찾아왔지. 그건 어머니가 내게 새기고 가신 노을빛 마음이었지

서대전역

대합실 문을 힘차게 밀고 나오면
불쑥 쑥 내음이 달려들고
비탈 위로는 냉이꽃 하얀 웃음이
까르르까르르 깨알처럼 쏟아지던 곳

빈 대합실은 설렘으로 가득 차고
누군가 방금 플랫폼을 빠져나가며
펄럭이는 옷자락이 보였지
그 아쉬움으로 이어지던 길

더러는 기차가 느지막이 와 닿고
이따금 기차 시간을 빼먹던 곳
봄이면 역장이 꽃구경을 갔다고
열차가 정지한 채 한동안씩
목쉰 기적 소리를 울려대던 곳

네온사인 전광판이 없고
KTX가 와 닿지 않던 곳

저녁이면 늙으신 어머니가
외지서 돌아오는 아들을 기다리던 곳

제2부

금문교

빗소리만큼 그대는 내게 다가오지 않았다 늘 안개에 덮인 그대가 보고 싶어 여러 차례 허공을 오르내렸다 그대의 목소리에 귀를 기울였다

안개 밖 하얀 절벽을 오르며 상상의 언덕 너머 그대와 나는 이미 남이 아니라는 걸 알았다

그대와 만났던 수많은 풍경 모두 사라진 줄 알았는데, 물소리 깊어지면 그대 어둠을 뚫고 보름달처럼 환히 떠오른다

안개 속 어느 하늘 아래 사랑의 돌계단을 맴돌고 있는지 그대 온순하고 포근한 자태로 하늘과 땅을 가로지른 성정性情,

지난 뒤에야 더 깊이 다가오는 것 그대와 함께하며 알게 된 시크릿이다

하늘과 바람과 별과 시

샌프란시스코 부근 라피엣*에서 아침에 출발하여 여덟 시간 달려온 곳, 지인의 별장이 있는 엘에이 부근의 피논힐**로 가다가 잠시 기름 넣으러 휴게소에 들르고, 점심으로 햄버거 가게에 들러 쉬었다 닿은 곳

한여름 사막 열기에 지치고 지쳐 흙먼지 길 따라 들어간 가파른 언덕, 길 끝나는 지점에 내비게이션도 방향을 잃고 녹다운 되고 만 곳, 막다른 비탈을 타고 오르자 거기 언덕 위에 외딴 건물, 사방 내리쬐는 불볕더위에 심신은 시들고 방향 분간할 수 없어 차 밖으로 나오니 그곳은 온통 하늘, 바라볼 것은 오직 하늘뿐이었다

숨 막히는 더위 피해 집 안으로 급히 들어가 창문을 여니, 사방에서 시원한 바람 몰려들어 와 온몸 감싸고 더위에 지친 마음 어루만져 주었다 막막한 사막 한가운데 오직 바람만 살아 움직이고 세상 모든 바람은 그곳으로 몰려왔다

집 안에 갇혀 해가 지고 밤 되기 기다려 밖으로 나오니 어느새 사위에 더위와 열기는 가시고 어두워가는 하늘 속으로

별이 떠오르기 시작했다 어둠 배경으로 펼쳐지는 찬란한 별의 세상, 머리 위로 북두칠성 또렷이 빛나고 있었다

밤 깊어 내게 귀한 손님 한 분 찾아왔다 한낮의 수많은 그늘도 어둠 속으로 눕고 사위에 불빛은 멀리 새 빛을 불러올 때, 문득 내 안에 잠자던 그가 깨어 일어났다 하늘과 바람과 별과 시, 그는 그렇게 내게 왔다

* 라피엣Lafayette: 미국의 샌프란시스코 부근에 있는 작은 도시.

** 피논힐Pinon Hill: LA에서 1시간 30분 거리에 있는 곳.

내 사랑 버클리

사나흘 비 뿌렸어요
힐*마다 새 꿈이 돋아나
청춘의 봄 발돋움해요
비가 내리면
가로수 짙푸른 머리를 풀고
풀빛 무성해져요

산빛 거슬러
겨울 능선을 감싸 안으려
초록의 어깨들 아주 막강해졌어요
산 숲길을 따라가면
붉은 단풍 사이로 풀빛 번져가요

두 계절이 혼재한
암갈색 바위 절벽의 큰 울림
여름과 겨울 거듭할수록
읽고 또 쓰고 싶은 왕국
그곳에 둥지를 틀고 싶었어요
겨울을 감싸 안는 풀빛과

사랑의 눈빛이 더 좋았어요

비가 내리면
그대 생각이 나요
나는 바람
그대는 구름
봄비를 맞으며
함께 쪽빛을 키우고 싶어요

* 힐Hill: 푸른 풀로 뒤덮인 언덕이나 나지막한 구릉丘陵지대.

버클리 사랑

새파랗게 돋아난 힐 안에는 무엇이 서로의 손을 잡아주며 일어서는 것 같아요 푸른빛 더해 가는 가슴을 보면 침묵의 맹렬한 눈빛으로 겨울 칼날도 무색하게 하지요

버클리에 봄이 오는 이유를 이제야 알겠어요 나 벌써 와 머무는 그대 큰 눈망울을 보았어요 어느새 초록빛을 힘차게 굴려 올리며 봄으로, 봄으로 옮겨 가는 힐의 튼튼한 종아리들, 겨울 속에서도 이미 완연한 봄을 실어 또 다른 기다림에 함빡 빠져 있어요

더 큰 울림을 차비하였지요 버클리 힐을 뒤덮어 펼친 것은 초록이 아니라, 그 안에 싹트는 진정한 사랑인 것을 나는 이미 봄이라 하는데 버클리 사람들 굳이 겨울이라 하네요

사랑의 진정한 얼굴은 무엇인가요 여기까지 와서 버클리 힐을 파랗게 물들여 놓은 그대 초록빛 가슴을 보았어요

크로노스 미궁*에서

—무화과나무

미궁 속으로 그대가 오신다는 바람과 구름의 전갈을 받고 시간이 하 급해 꽃도 피우지 못한 채 열매를 맺었습니다 주춧돌 뒹구는 천 년 전 폐허 위에서도 새들은 집을 짓고 새끼를 치는데 우리 사랑은 강렬한 여름 햇볕 아래 이파리만 무성히 서 있습니다

그대보다 먼저 미로에 닿아 홀로 미궁 속을 헤맬지라도 땅속 깊이 허공을 묻어두고 한 번 갇히면 빠져나올 수 없는 사랑, 나와 그대의 엇갈림은 꽃이 피지 않는 돌담 곁 땡볕 무화과 그늘 속으로 들었습니다

천 년이 더 지나도 기다림으로 굳어버릴 나의 사랑은 그림자 드리운 채 계단을 밟고 서 있습니다 돌기둥은 모로 쓰러져 뒹굴고 그대가 왔을 때 다 피우지 못한 꽃은 모가지째 떨어져 돌 속으로 잠듭니다 그대 잠시 목마름 적시라고 돌계단 위에 무화과만 가득 내려놓았습니다

* 크로노스 미궁迷宮: 그리스 지중해의 크레타 섬에 있는 고대 왕국의 궁전 유적으로 BC 16~15세기에 건설되었다.

평창 순두부

버클리대에서 텔레그래피 에비뉴*를 따라
오클랜드 다운타운을 향해 남쪽으로 달리면
제일 먼저 정답게 맞아주는 곳

평창 순두부

뒤를 이어서,
전골 하우스 산마루
강남 월남 국수
서울 곰탕
깡통 돼지
포장마차 단성사
삼원 식당 고기 타임

평창의 안부가 궁금하면 달려와
순두부 한 그릇 먹고 간다

일찍이 세계 속에 깃발을 세운 평창이
2018년 평창 동계올림픽으로
세계인을 불러들여 큰 잔치 벌인다

흥겨운 한마당 축제를 생각하면
가슴 가득 차오르는 기쁨
뜨끈한 순두부 한 그릇 후딱 먹고
평창의 힘으로 달려간다

* 텔레그래피 에비뉴Telegraphy Avenue: 버클리대에서 오클랜드로 가는 큰 도로.

라피엣*에서

무성했던 나무 밑 그늘 속을 밀고와
나는 알게 되었네

왜 단풍나무는 하늘 들어 올려
지난 계절을 버텨왔던 것인지

이제 와서는
그 많은 구름 탈탈 털어내
가지 사이로 노을을 품고 있는지

블록 위로 수북이 밟히는 단풍잎
어둠에 안겨 눕고
그 빈자리에 싹틀 풀빛을 보듬었는지

나무 하나하나 아래를 다 걸어서
비로소 나는 알게 되었지

오크나무가 하늘 말아 올려 왜
지난 시간을 저며왔던 것인가

비로소 나 귀 열게 되었네
나무와 나 이미 하나라는 사실

모든 나무들 내 안으로 걸어 들어와
발길 더 깊게 딛고 서 있는 것을

* 라피엣Lafayette: 샌프란시스코 부근의 작은 도시로 2016년에 버클리대 객원교수로 가서 가족들과 함께 1년을 살았다.

야간 비행

어둠으로 질주하는 비행 속으로
보이지 않는 겹겹의 벽을 뚫고
그대에게 달려가는 고속 항진,

기체는 더 깊은 어둠 속으로
기수를 가져다 댄다 갑자기
동체가 떨린다
큰 낙차로 떨어지며 구름을 갈고 간다

앞이 보이지 않는 첩첩 계곡 신념처럼
무모한 시간의 질주
새까만 밤의 심연을 가르며 내달린다
동체의 관성은
어둠 속을 의지해 날면서도 자주 가슴을 친다

어둠을 날기 위해서는
제 가슴 한쪽을
허공 위에 내려놓아야 한다
길이 보이지 않는 길에도 이따금
스스로를 길 밖으로 부려두어야 한다

귀거래사

바라나시 바람의 강을 거슬러
거리에 구름 떼 행렬 이루는 사람들

수천 대의 차량과 남녀노소
아이 안은 여인들이 뒤섞이고

쉴 사이 없이 빵빵대며 달리는 차량들
모든 길은 하나로 뒤엉키고

작은 길도 짝을 지어 샛길을 낳고
길 안에서 자꾸 새끼를 치고

흩어지는 것들,
흘러가는 것들
오색 물결이 춤을 추는 곳

바라나시에서의 귀거래사
내 안에 잠든 영혼이 깜박 등을 켰다

상아탑

갠지스 강가에
쌓아 올린 구름의 뼛조각

생의 길도 미련 없이
흘러서 간 곳

어느새 눈은 닫히고
안으로 활짝 열린 문

지난 시간들 모든 것에
더 너그러워진 강물

돌아오는 길에는
탑 위로 무수히 풀잎이 솟았다

시인의 천국

그리움이 고삐 풀린 광장
슬픔이 뚜벅뚜벅 지나간다
기수가 금빛 채찍을 내리친다
가로막힌 철벽 너머
꿈 질풍노도로 날아가 꽂힌다

푸른 들녘으로
천둥소리 더 크게 열리고
하늘빛 벼락 떨어져 길을 바꾼다

구름 위에 올라앉아
세상을 내려다보면
땅 위로 사방 쪼개지는
금빛 꽃망울 망울
내게 닫힌 빗장 깨운다

수천의 종달새 날아올라
치솟는 구름 아래로
넘실대는 푸른 보리밭
거대한 사랑의 분수 솟구친다

물의 생生

지금 당신이 마시는 물 한 잔

어디서 왔는지,

당신이 지금 버리는 한 대접의 물

어디로 가는지,

물은 낯선 길을 헤맬지라도

끝내 오대양을 거치고

일곱 빛의 길을 따라

하늘 구름으로 날다가

당신 갈증에 와 닿은 것

우리가 겪은 아픔이 깊다 한들

우리 껴안고 사는 고통 크다 한들

물의 살과 뼛속 절절함에 비할까

제3부

봄밤

나뭇가지에 파릇파릇 싹이 돋을 때
당신은 또 겨울이 갔군
덤덤하게 봄을 대한다

진달래 벚꽃 덩달아 꽃망울 터뜨리면
꽃 필 때 되어 꽃 피는 거라고

찬 구름이 강물 끌어 봄 바다로 달릴 때
어둠 속에서 숨 가쁘게 따라가는
별의 마음이 그때부터 시작된 걸 모른다

땅 위에 내던져진 별이
찾아가고 싶은 곳을

노루귀

연초록 풀빛 번지는 산등성에 흰 구름 올려다보는 노루의 천진난만
그건 가장 투명한 생명과 자유의 상징
노루의 머루알 같은 눈망울 한번 들여다본 사람은 누구나 호수 같은 마음 알고 있지

가장 행복한 이름
노루귀 그건 한 번 피어 백 년 가고
꽃에 새겨 천 년을 넘는 것
동물과 식물 양쪽을 동시에 석권한 것

노루귀는 최고의 순수로
앞만 보고 사는 사람 절대 볼 수 없지
작은 키로 바닥에 바짝 붙어 누구나 무릎 꿇고 두 손 땅 짚어 머리 조아려야 보이는 꽃

하얀 털 뒤집어쓴 꽃대 나오고 그 꽃 질 무렵에 잎 돋는다
노루귀의 꽃말 인내와 신뢰 믿음이 나오는 지점

그 귀로도 이 세상에 더 들을 소리 있는지

봄이면 산과 들에 귀를 쫑긋쫑긋 세운다
그 노루귀 내 안에도 있다

덕유산 연봉連峰에서

새벽 6시에 나제통문을 서쪽으로 건넜다 마을은 잠잠히 풀려 있고 매화 산수유가 한창이었다 복사꽃 망울은 조금 터져 봄을 바짝 당기고 있었다 포근한 아침 기운이 감싸 안고 흐르는 도랑으로 물만 흐르는 게 아니어서 얕게, 더 깊게 파인 계곡의 주름 사이로 산줄기의 굳은 뼈들이 일어서기 시작했다

점점 멀어지며 산주름 포개 안개의 농담濃淡을 풀어놓고 이제, 움츠렸던 능선이 엎드려 신발 끈을 묶고 있었다 모퉁이 길을 돌아서 나타난 능선은 서서히 시야에서 벗어나 천 년 전 낯빛으로 돌아가고 있었다

아무리 불러도 도랑물은 들은 체 않고 달려 내려갔다 조금 지나자 길 하나가 조붓한 마을을 향해 굽어지며 걸어와 산의 능선을 오르고 있었다 한참을 내려가니 도랑은 몸을 넓혀 내를 이루었으나 아직, 그걸 강이라 이르기 역부족이었다 여기저기 바닥을 드러내 자갈도 싹을 틔워 보여 주었다

내처 이어지는 길의 방향을 정확히 가늠할 수 없으나 등 뒤로 해가 떠오르는지 등허리 어디쯤이 근질거렸다 봄은 그렇게 나제통문 사이를 건너뛰고 있었다 문을 경계로 이쪽과 저

쪽은 나무와 나무들이 어울려 조금씩 다른 빛깔의 봄 속으로
통째 빨려 들어가고 있었다

그늘을 부려놓았네

점심을 먹고 햇살이 따가워
주차장 매실나무 아래로 들었네
굵은 매실 몇 알이 떨어지며 툭, 툭
땅을 두드려 안부를 물었네

튕겨진 매실이 바닥에 닿기 전
그늘이 먼저 그 아래로 깔리며
아픈 소리를 깊이 감싸 안았네
매실나무도 품을 더 크게 펼치고
그늘에게 말을 걸었네

그 위로는 다시 매실나무의
파란 잎들이 그늘을 부려놓았네
먼 구름도 그늘을 포개어놓고
바람은 슬며시 나무 어깨를 문지르고 있었네

개미가 기어가는 길 위로
언젠가 떠나간 발자국이 돌아와 있었네
매미는 아직 찾아오지 않았는데
매실 가지가 제 어깨를 한껏 넓혀 놓았네

느티나무

비어 있다는 것은
길을 떠났다는 것이다

봄의 우듬지 한가운데
허공을 품고 있다

마른 줄기 사이로
구름을 걸러낸다

거기 머물다 간 바람
스쳐 간 빗방울

가지 끝 침묵을
허공에 씻고 있다

손을 뻗으면
오롯하게 들어 올리는
생각의 힘

강경포구에서

그대 사는 일이 시답지 않거든
훌쩍 강경으로 떠나오게
일마다 뒤얽혀 삶이 시들해지면
포구 내려다보이는 옥녀봉으로 올라오게
우리 사는 일과 저무는 일 여기 다 흐르고 있으니

봄빛 금강을 잇는 유순한 물살도
강경포구 힘찬 물굽이로 휘돌아 가며
너른 황산벌 말발굽 소리로 살아나네
저녁노을 이마 가득 받아 이고 서면
번창했던 옛 포구에 아우성도 깨어나
수백 척 만선의 깃발 드높이 나부끼네

그대 일상의 모든 걸 잠시 내려두고
포구에 쌓이는 저녁노을 곱게 바라보게
폭폭한 삶의 신맛 쓴맛도 곰삭아
젓갈 골목마다 단내로 피어나고
하루의 곤한 시간도 다 풀리니
그윽한 노을 속 포구로 걸어가게

쉬지 않고 이어지는 강물은
그대 가슴 안에도 새 강줄기 하나 열어
노을 속 여울 따라 힘차게 흐르니
하루의 끝이 와 저무는 옥녀봉에
벅찬 생의 순간으로 열리는 강경의 푸른 심장
우리 사는 일과 저무는 일 여기 다 숨 쉬고 있으니

갯벌 낙지를 잡으며

물 빠진 갯벌은 뜨겁게 살아 있다
찰진 갯벌의 흙살을 파헤치면
생의 활력을 깨우는 페로몬 향기
낙지가 빨아들인 뻘이 꿈틀댄다

갯벌 구멍을 열면 그 안에 깊이 숨 쉬는 낙지
맨발로 갯벌에 빠져 두 손으로 움켜쥐면
낙지의 뒤틀리는 온몸의 힘으로
두 발목을 뻘 속으로 끌고 간다

파도에 부서지는 바다의 아우성도
가슴에 끌어안는 갯벌의 모성
하루 두 번씩 낙지는 갯벌 속으로
바다를 힘껏 빨아 당기고 뱉어낸다

뻘 속에 힘찬 생의 삽날 들이밀면
아, 낙지의 뺏세고 뺏센 꿈틀거림
그 힘은 한낮 갯벌을 더 뜨겁게 달구고
어둠 속 별빛을 더 깊이 쓸어안는다

느티나무와 마을 사람

느티나무 한 그림자는 마을 사람 전 생애와 일치했다

마을 동구 밖에 섰던 느티나무가 허공에게 자리를 내주었다

사람들 나무 그늘 밑에 나누던 삶의 숨결이 날아갔다

나무가 사라지자 들 지나던 바람도 오지 않고,

밤마다 내려앉던 별들 모두 사라졌다

더 이상 나무가 피우던 별꽃도 보이지 않았다

사람들 지나온 생 이어주던 마디가 모두 풀어졌다

걸매리* 사람들

걸매리 사람들 이제 바다라 부르지 않는다
파도에 등 돌려 육지를 바라볼 뿐
녹슨 바다로 눈길 주려하지 않는다
이제 바다는 그들의 잃어버린 심장
물길 끊긴 폐허의 핏줄이다

누군가 바다의 숨통을 막아버린 날
그 이후 바다는 분노의 몸부림이다
방조제로 바다의 염통을 옭아맨 뒤로
바다는 몸져누운 백 세의 노모다

이제 사람들 바다라 하지 않는다
포구는 그들이 떠나보낸 유년일 뿐
예전에는 바다 위로 큰길이 있었다
그 길 위로 누군가 빛을 안고 걸어갔다

이제 그 발자국 어디에도 없다
갈매기 쉰 울음만 숨 가삐 떠돌 뿐
파도는 필사적으로 제 아픈 가슴 말아 올려

텅 빈 갯벌 위에 와 쓰러져 눕는다
걸매포구에 뱃고동 소리 돌아오지 않는다

* 걸매리: 서해안에 있는 포구로 아산만 방조제가 막힌 후에는 죽은 갯벌이 되었다.

노을 속 동학사

마당가에 단풍나무 한 그루 서 있다

잎사귀마다 빛을 그러모아 저녁불을 댕겼다

그렇게 가을은 이 저녁을 붙잡고 싶다

사람들이 마당에 떨구어 놓은 발자국만큼

촘촘하게 박혀 있는 시간의 실핏줄

갈참나무 잎맥마다 층층이 괴어 있던 여름이

그림자 드리워 노을을 쓸고 있다

발자국

전의역*에 두고 가는 것은
내 발자국이 아니다
가파른 시간의 경계를 딛고 서
길목을 잇는 목련꽃

기차가 떠난 뒤에도
비어 있는 발자국 속으로 고여
슬며시 차오르는 적막

뭇 새들 날아가고
미루나무 가지에 스민 온기
떠난 새의 마음이 부리로 싹튼다

봄을 여는 환한 이마로 다가와
기다림 위로 누운 벤치 옆
나뭇가지에 닿는 햇살

내가 거기 두고 온 것은
발자국만이 아니다

* 전의역全義驛: 세종특별시 전의면에 있는 작은 기차역.

이사리

봄은 또 하나의 창
차갑고 깊은 시간 속에서도
마을 사람의 벅찬 꿈은 차오르는 것
먼 구름 층층이 다가와 잘게 저미고
벚나무 가지마다 별빛을 터뜨렸다

엷은 잎맥을 따라
자작나무 흰 둥치 사이로
끊일 듯 스밀 듯 이어지는 물길
하늘 한편 더 엷어져 간다

날아가던 새들은 어느새 돌아와
둑 너머의 숨결로 잦아든다
산그늘도 연못 아래로만 깊어져 가고
수심은 어둠 속으로 빛을 쟁인다

무심히 지나가는 구름도
다가와 미루나무 머리를 보듬고

밤이면 숲 위로 별 하나 깨어
추억의 물방울 궁굴린다

비어 있는 것은 얼마나 큰 마음인가
봄 기다려 하늘은 다시 빗장을 뺀다

횃불

펄럭대며 강의 심장을 뒤채는 불의 고리
불에 젖은 들녘 한 귀퉁이가 허물어졌다
청 갈대숲도 어둠을 베고 돌아누웠다

쑥대를 꺾어 불길에 대면
연기와 함께 타들어 가는 밤

불길은 젖은 길을 열어젖히고
심장 속에 강 하나 솟구치게 했다
온몸으로 뜨거운 피 흘러 넣었다

쿵 쿠웅, 큰 소리 들판을 울리며
높이 들고 앞으로 나아갔다

불 하나 받들고 걸으면
강은 둥둥 북소리 울리며 따라오고
별빛은 깜박이며 길을 끌어주었다

그렇게 싱싱한 밤 속에서
강은 새끼를 낳고 곤한 새벽을 깨웠다

제4부

무선부호를 송신하다

모창模唱을 하던 그가 죽음의 과녁을 정확히 통과하자,

사람들은 영정의 사진 앞에 그의 목소리 사라지는 것을 아쉬워했다 그의 그림자를 밟으며 귀를 기울여도 어떤 노래도 떠오르지 않았다 사람들은 그의 기억을 따라 그림자 속으로 걸어갔다

그림자 된 사람은 노래가 되지 못한 채 지워졌다 그림자는 한순간 새벽별처럼 사라졌다 노래를 새기던 날의 기억은 맨발로 돌아섰다

노래는 여전히 귓가에 맴돌았지만, 생전 부르던 그의 열창은 바람에 묻혔다 계단을 거슬러 올라 노래는 먼 하늘 침묵의 돛으로 내걸렸다

알 수 없는 무선부호를 송신하면서 사람들은 빈 바람 소리 껴안고 그가 떠난 지평선을 우두커니 바라보았다

소금꽃

먼 산에 뻐꾹새 울고
잔바람 속으로 여름이 필 때
소금은 온다
바다를 걸어온 물에서
소금은 큰다

세찬 파도를 재우고 재워서
바닥에 가닿을 때
피어나는 꽃

사월 오월은 송화 울음으로 가고
유월은 뻐꾹새 소리로 남았다
햇살과 바람 사이에
소금꽃 핀다

바다는 비로소 제 안에 들어찬
구름의 알갱이 털어
금빛 사리를 쏟아낸다

무창포 바닷길

가을 무창포에 가서 바닷길 드러난 것을 보고 왔다

바다는 한 달에도 몇 번씩 가슴 갈라내 제 속을 열어주었다 바다의 뿌리가 훤히 다 보였다 나도 바다에게 모든 걸 열어 보여 주고 싶었다

가을은 그렇게 투명해져 제 속을 내보이려 분주했다

모든 것들 한껏 외로워져 바다는 뿌리 쪽으로 가닿아 있었다 한 달에 몇 번씩 무창포도 제가 걸어온 길을 지우고 있었다

바다 한 줌

사내는 바다를 한 줌에 쥐려는 꿈을 품었다

매일 그 꿈 이루려 바다에 나가 파도를 쥐어 가슴에 부었다

날이 갈수록 그의 가슴 하얗게 타들어 가 뼈만 남았다

사내가 세상 뜨기 전 한참 동안 구름을 응시했다

그가 떠나고 바다 한쪽이 마르자 바닥에 깔린 꽃

누군가 와서 그 꽃잎 한 줌을 사내 손에 쥐여 주었다

풍경 밖의 풍경

식당 주차장에 서 있는
버드나무가 쏟아내는 초록 폭포
마음 벼랑이 짙붉다

잎사귀마다
텅 빈 가슴에
한 채의 폐허를 빚어놓으니
바람이 지나간 발자국 따라
새로운 골목이 열린다

잎맥 하나하나
작은 연못이다

바람의 동선을 따라
길을 잃은 새

나는 물거울에 꿈을 부리고
지난 시간 풍경 밖을 나선다

그래도 산성동의 밤은 푸르다

언제나 저녁은 빈손으로 온다
이팝나무 어둠 속에 속을 드러내고
길가에 서 있는 가로등
지나온 하루의 부피를 넓히면
사내는 발길을 멈춘다

얼마 동안 침묵이 흐르고
사람들 발길 접으면
꽃 이파리의 부푼 가슴 하르르
무너져 내린다

순간,
꽃은 환하게
미소를 밝히며 길 속으로 눕는다
누군가 다시 이어갈 길
고삐 풀린 망아지처럼 우두커니
고개를 뒤로 돌린다

길손들 발길 사라진 길은
자벌레처럼 고개를 주억거리며

꿈틀댄다

그렇게 또 하루가 서랍처럼 닫힌다

눈 내리는 금강

어제의 물살은 새 물길로
강물 한 줄기를 밀고 간다
어제의 어제를 벗고
강은 새 강으로 갈아입는다
찬 새벽 공기 속에서도
나무들 깨어 물결 속으로
제 뿌리를 밀어 넣으며
한 발 한 발 강물을 걸어본다
강은 별빛 향해 수직으로 솟는다
나무는 가지마다 별을 달고
언 강을 건너간다
새벽은 이렇게 서 있는 것과
흐르는 것이 자리를 바꾸며
서로를 한 번씩 품고 비워 낸다
어둠 다 걷히지 않은 들녘으로
강은 낡은 허물을 벗고
한 마리 거대한 용의 꼬리 뒤채어
지축을 휘감고 간다
새로운 강의 새끼들 태어나
눈발 속으로 꼬리에 꼬리 물고 간다

바위 속으로 꽃 그림자

내가 괴로워하는 건 저 바위 속에도 비밀이 있다는 것, 한낮 동백 붉게 타오르면 바다도 꽃빛에 취하지

새벽마다 나무 밑에 수북이 깔리는 꽃잎, 그 꽃 보고서야 사람들 봄이 온다 여기지

어둠 꽁꽁 묶인 밤이면 바위가 퍼 올리는 불덩이에 파도 잦아들고,

짧은 거리에도 닿을 수 없는 오동도, 동백은 가장 화려한 때를 택해 화르르르 제 안의 절벽을 무너뜨린다

바위 속으로 꽃 그림자 잠겨 깨어나는 바다.

꽃의 마음

봄꽃이 어떤 마음으로 피울까 하여 들길로 나갔지요 한동안 움츠리고 돌아앉은 가지가 서로 얼굴 맞대며 풀어헤친 앞섶에서 작은 구름 한 잎씩 뜯어내고 있었어요

그때마다 나뭇가지 햇살 한 줌 튕겨 올리며 오래 묵은 생각을 비워 냈지요 그곳으로 구름은 새로운 창 하나씩 갈아 끼우고 있었어요

꽃이 피면 창이 열리는 것이니 하늘도 눈을 뜨는 셈이었어요 쉽게 꽃 지는 일은 생각할 수 없는데 꽃은 피면서 이미 지기 시작하는 것, 오래전의 생각을 여미어 꽃 피는 게 아니라는 걸 알았어요

그러기에 꽃 피었다고 호들갑 떨 일이 아니었지요 꽃잎에 눈길 줄 때 그 꽃 벌써 다른 곳에 가 열심히 꽃 피는 중이었어요 나도 털고 일어나 다음 꽃잎을 생각하며 구름 따라 더 높은 곳으로 발길 향했지요

꽃길

그대를 추월하려 가속페달을 밟는다

그리움에 속력을 내지 않으면 충돌한다

봄으로 가는 꽃들 온통 속도를 높이는 중

천지 사방 붉게 붉게 과열된 동공

꽃의 일생

이 세상 언어여
이름이 되려거든
꽃 이름이 되어라

한 번 호명하여 천 년을 가고
한 번 꽃 피어 백 년을 가는 향기

이름을 쓰면 시가 되고
이름을 부르면 노래가 되리

꽃들은 제 이름 새기며
일생을 시로 피어난다

꽃 진 뒤

꽃이 촘촘히 박혀 있던 가지에서
하늘 한 잎씩 풀어져 내린다

고운 노랫소리 들리는 듯
꽃잎은 가슴 아픈 곳까지 파헤쳐
그 자리에 어둠의 문양을 새겨둔다

못을 빼낸 듯 꽃이 진 가지의 자국은
아픔 잊으려 산에 오른 사람들
착한 눈망울을 닮았다

화려한 꽃의 눈가에 일렁이는 빛
그 눈빛 바라보았는지
그대 그 노래에 귀 기울였는지

제5부

공중의 사랑

벌새 수천만 번 날갯짓으로 공중에 떠서

당신의 심장을 향해 부리를 내밀 때

살아 있는 모든 것들은 새 빛을 띤다

벽을 향한 이 가파른 노래 없이는

당신의 눈빛과 나의 기다림도

더는 다가갈 수 없는 어둠 절벽인 것을

대천항에서

가을이 깊어가는 대천항에 오면
바다빛 그리움으로 스며드는 시간이 있다

어제인 듯 그제인 듯 스쳐 가던 손길 너머
파도 소리로 살아나는 숨결이 있다

뱃고동이 풀어내는 바닷길로
기일게 이어지는 뱃길을 따라

가을 햇살은 뚜벅뚜벅 걸어온다
갈매기 울음소리 넌지시 와 어깨에 안긴다

뒤돌아서지 마라, 깊게 물드는 이 가을
그대 가을은 포구에 와서 빛나고
포구는 가을에 젖어 더 깊어지는 것

한 발 한 발 부둣가로 발길 제겨디디면
포구는 비로소 제 안에 옥빛 포구를 활짝 연다

만대항에서

너무 외진 곳이라서
가다가다 그만두고 만대, 라고 궁색한 유래를 말해 주는 마을 사람
방파제는 바다와 안쪽을 나누어
물도 잠시 그 안쪽에 쉬며 지나온 곳과 나아갈 곳을 숙고한다

아이들 몇이 드리운 낚싯대에 꿰여 뒤척이는 바다
출렁이는 물 사잇길로 걸어오는 아이가
들고 있는 물통 속을 들여다보니
망둥이 한 마리와
구름이 한 채 잠겨 있다

아이가 담아놓은 물통 속에는
작은 섬도 몇 개 커가고 있다

안흥성*

가파른 석축 위로 칡덩굴 필사적으로 기어오르고 있었다

새순을 밟지 않고 걸어간 곳

남문 밖은 곧장 바다,

내 마음 밖은 절벽이었다

어디든 갈 수 없는 길도 있다고

손에 잡히는 섬을 눈앞에 두고,

포구에는 트럭도 뱃고동 소리를 낸다

* 안흥성安興城: 충남 태안군 근흥면 정죽리에 있는 조선시대 석축 산성.

다도해

이름 하나로 제 역할 다한 섬이 있다

마도 가의도 궁시도 삽시도 저도

이름으로 다시 태어난 섬들

남해 수많은 작은 섬을 보라

발 디딜 곳 없는 바위에도 이름을 붙여

사람들은 스스로의 위엄을 지킨다

출항

간밤 어둠 속에 집채 같은 파도
으르릉거리며 바다와 드잡이했어도
아침 해는 거침없이 솟아오른다

바다는 어느새 잔잔한 물살에 실린 채
포구마다 배들이 출항을 알린다

새벽마다 그물로 바다를 조이는 사내
뭉툭한 손끝으로 파도를 엮는다

배들이 갈라낸 물길에 닿아
금방 상처를 아물게 하는 햇살
힘찬 뱃길은 이내 금빛으로 트인다

밤새 냉골 속 세찬 물살을 견디며
새벽 바다가 더 힘차게
어둠의 갑옷을 벗어버리는 것은
한밤 뒤집힌 저 파도의 힘과
밤새 깨어 있는 불빛 때문이다

눈사람

당신의 발자국 남아 떨던 거리마다 눈이 날렸다

자국이 지워진 그 위도 밤이면 별빛이 쌓인다

살다보면 쓸쓸한 마음 사이로 새 길이 나서

그 길 따라 당신과 나 하나 되어 걷는다

당신 벌써 내 안에 눈사람 되어 웃는다

시의 언덕

세상의 마른 눈빛들 모두
스스로를 다시 벗어나
초록 속에 얼굴을 씻자
한밤에 내리는 별빛에 취해
자작나무 그늘에 쉬었다
더 푸른빛으로 솟구치게 하자

황금으로 물드는 가을이면
이곳에 머물다 간 발길 모여
대찬 금빛으로 숲을 이루니,
지는 것이 항상 끝은 아니었다

한겨울 폭설에 누워도
찬 새벽마다 언 눈 활짝 뜨게 하고,
어두운 시간의 구릉을 벗어나
언덕에 다시 둘러 모여
지친 마음 모두 허물을 벗고
아기 첫울음으로 피어나게 하자

고된 가슴 초록 눈빛에 기대어

마음속 등불에 빛을 당기니
어둠에 박힌 별은 하늘의 눈망울
떨어지는 꽃잎은 하늘 가슴
언덕의 낙엽은 하늘의 옷자락인 것을

플라타너스 그늘에 마음을 재우고
심장 속에 노래의 씨앗을 묻어
빛 잃은 눈동자 함께 깨우자
오동나무에 저민 빛으로 튀어 올라
더 큰 초록 그늘로 쏟아지게 하자

증축

지난해 떠났던 까치들이 돌아와
짓다가 멈추었던 집을
서둘러 이어 올린다

지난 시간 떠돌던 길을 생각하며
부지런히 놀리는 부리 끝에서
새로운 길이 트인다

침묵하며 서 있던
아카시아 나무에는 어느새 새 움이 돋고
허공도 긴장으로 팽팽해진다

회오리

꽃의 이름으로 가지마다 눈을 떠
봄의 능선 파랗게 물들인다

갓 깨어난 초록과 꽃잎
시간의 마디마다 화살을 날린다

오리나무 새순 파릇파릇 솟아
푸른 심장 힘차게 가동시킨다

계곡으로 산 그림자 낮게 드리워
녹색 입맞춤 퍼붓는다

어느 빛깔보다 빛나는 눈동자
새 꿈의 언어로 치장한다

온갖 새들 샘의 심장을 쪼아
마른 영혼 촉촉이 적셔준다

바다

소금이 큰다는 말 있다

소금이 온다는 말이 있다

소금꽃 핀다는 말도 있다

얼마나 더 기다려야 할까,

바다가 다 말라 꽃이 될 때까지는

해 설

기억 속에 저장된 향기의 마취력

송기한(문학평론가)

1. 서정의 샘으로서의 기억

『집 우물』은 김완하의 6번째 시집이다. 그는 1987년 『문학사상』 신인상으로 당선된 후 30여 년 만에 다시 『집 우물』을 상재하고 있는 것이다. 오랜 시력의 관점에서 보면, 김완하는 결코 많지 않은 시집을 내고 있다. 그렇다고 적은 것도 아니니 중간 정도의 양을 시집으로 펴내고 있는 것이다. 이런 시집의 상재를 통해서 이 시인이 품고 있었던 필생의 주제 가운데 하나는 이른바 자기 수양에 관한 것이었다. 어쩌면 인간의 존재론적 조건 가운데 하나가 여기에 있으니 그가 이 문제에 심혈을 기울이는 것은 당연한 것처럼 보인다. 『집 우물』 또한 마찬가지의 경우이다. 이 시집은 총 5부로 구성되어 있긴 하지만, 각각의 장이 가지고 있는 고유성이랄까

개별성은 크게 느껴지지 않는다. 약간의 편차가 있긴 하지만, 대부분의 경우 자기 수양이나 존재의 이유 등, 시인의 숙명 혹은 인간의 숙명과 같은 보편적 주제들과 불가분하게 결합되어 있기 때문이다.

그러나 그러한 유사성에도 불구하고 이 시집이 추구하고자 하는 방향이나 혹은 서정의 샘은 이전의 경우와 확연히 다르게 다가온다. 이전의 시집에서 김완하 시인이 발견한 전략적 소재 가운데 하나는 '허공'이었다. '허공'이란 글자 그대로 빈 하늘이다. 그렇기에 욕망으로 무장된 자들이 자기 수양의 매개로 받아들이는 데 있어 그것은 더없이 좋은 소재가 되었다. 그러나 이런 보편적 주제에 대한 추구로 인해 시인이 펼쳐보였던 이전의 시 세계가 일반화라는 수평적 차원으로 떨어지는 것은 아니다. 한 번쯤 사유할 수 있는 주제임에도 불구하고, 이를 전략적 소재로 자기화한 시인은 김완하의 경우가 유일하기 때문이다.

『집 우물』은 '허공'의 연장선에 놓여 있다. 그럼에도 이 시집은 이전의 경우와 동일한 동어반복의 차원에서 구성되지 않는다. 시인의 시선은 '허공'이라는 공간, 곧 위에 놓여 있는 것이 아니라 아래로 향해져 있기 때문이다. 『집 우물』을 읽어보면 대번에 알 수 있는 것처럼, 시인의 시선은 지상에 놓여 있다. 이런 시점의 변화가 이번 시집의 가장 큰 특색이거니와 『집 우물』은 이를 기저로 상재된 색다른 시집이다. 이를 증명하듯 『집 우물』은 제목도 그러하거니와 시집의 1부 역시 고향, 안성, 아버지와 같은 지상적인 것으로 되어 있다. 이런 소재들은 경험의 차원에서 형성되는 것이기도 하거니와 모두 근원과 연결되어 있는 것이기도 하다. 그러니 그의 시선들이 하늘이 아니라 땅, 보다 정확하게는 자신을 만들어낸 공간으로 향하는 것은 자연스러운 일이라 할 수 있을 것이다.

우리 집 우물은 일 년에 한 번 바닥을 쳤다

그해 수확한 밀을 빻기 위해 새벽부터 밀을 일었다 큰 대야에 물을 길어 올리면, 오후 서너 시경에 몇 가마 밀을 다 일 즈음 우물은 바닥을 드러냈다 어둠 속에서도 일렁이며 푸른 별빛을 살려 내던 우물이 모로 돌아누웠다

우물이 바닥을 보이면 그 위로 지나는 구름이 잠시 그늘을 쏟고 갔다 우물가 팽나무는 기운이 떨어지고 장독대 항아리도 서늘한 침묵을 쓰고 웅크렸다

그날 밤 잠이 오지 않는 나의 귓가에 집이 어둠 속으로 강물 끌어당기는 소리 들렸다 집은 신음소리를 내며 밤새 허기를 채우려 달빛을 빨아들였다

그 밤 나의 꿈속으로는 별들이 소리를 내며 부서졌다 내 겨드랑에서 날개가 자랐다 한밤내 하늘을 날다 새벽에 깨어 나면 내 아랫부분이 이슬에 흠뻑 젖어 있었다

—「집 우물」 전문

이 작품을 이끌어가는 기본 동인은 기억의 상상력이다. 기억은 현재의 시간성이 파탄되는 곳에서 생성된다. 이 기제 앞에는 두 가지 에너지가 놓여 있는 바, 하나는 지속력의 상실이고, 다른 하나는 부조화의 감각이다. 미래에 대한 밝은 유토피아가 전제될 경우, 시간의 지속력은 거의 손상되지 않고 보존된다. 오직 미래로 향하는 선조적 의식만이 인식 주관에 자리 잡고 있기 때문에 시간은 계속 앞으로만 흘러가기 때문이다. 그러나 유토피아에 대한 전망이 부재하거나 그 역동성이 사라지게 되면, 시간은 더 이상 앞으로 전진할 수 없게 된다. 그리고 그 저변에서 갈등이나 부조화 같은 부정적 의식들이 꿈틀거리기 시작한다. 이는 자아와 세계의 화해할 수 없는 거리를 서정의 샘으로 인식하는 시인들에게도 동일하게 적용된다. 어쩌면 시인들은 그러한 전제 위에 서정적 조화라는 숙명을 하나 더 짊어진 존재들인지도 모른다. 그런 운명이 서정의 샘을 끊임없이 탐색하도록 하고, 거리화 된 간극을 메우기 위한 매개를 찾아 나서도록 추동하게 만든다.

「집 우물」은 시인이 기억하고 있는 고향의 아름다운 풍속이다. 우물을 배경으로 펼쳐지는 농경문화의 한 단면이 사실적으로 재현되고 있다는 점에서 그러하다. 따라서 그것은 단지 아름다운 재현에 머무를 뿐, 어떤 강력한 시적 함의를 내포하고 있는 것은 아니다. 그러나 기억 속에 재현된 고향의 모습은 시적 자아가 놓인 현재의 처지를 일러준다는 면에서 의미가 있을 것이다. 기억이란 단순히 회고의 차원이 아니라 무언가 생산적인 측면과 분명히 연결되어 있는 것이기 때문이다. 시인의 시적 출발은 이렇듯 기억 속에 놓인 근원에 대한 탐색에서 비롯된다.

2. 욕망, 그 도구화된 수단

서정의 샘을 찾아 나선 시인이 처음 발견한 것은 기억과 그 속에 재현된 고향의 아름다운 풍속이다. 기억이 시간의 파탄과 부조화의 사유 속에서 길러진다고 했기에, 시인이 판단하는 부정성이 무엇인지 궁금해지는 것은 당연하다고 할 수 있다. 실상『집 우물』에서 그러한 사유의 토대를 읽어내는 것은 쉬운 일이 아니다. 이를 표명하는 작품이 많지도 않거니와 시인이 표방하는 의식의 지향점 또한 이 부분에 집중되어 있지 않기 때문이다. 그럼에도 이를 진단하는 일이 그리 어렵다고는 할 수 없다. 하나는 그가『집 우물』

이전에 보여 주었던 사유의 흔적을 통해서 알 수 있고, 다른 하나는 이번 시집 속에서도 그 편린을 보인 작품들이 있기 때문이다.

김완하 시인이 펼쳐보였던 숙명론적 주제 가운데 하나가 이른바 욕망의 문제였다. 욕망이 자연이라든가 서정의 조화와 공존할 수 없음은 역사철학적 과제이거니와 또 그것은 근대인이 짊어져야 할 슬픈 운명으로 자리 잡기도 했다. 시인은 그런 숙명의 바다를 헤쳐 나가기 위해 '허공'에 몸을 의탁한 바 있다. 육체와 정신의 조화라는 이 기막힌 역설 속에 놓인 것이 바로 '허공'의 발견이었던 것이다. 그런데 그러한 상상력은『집 우물』에서도 여전히 유효한 기제가 되고 있다.

사내는 바다를 한 줌에 쥐려는 꿈을 품었다

매일 그 꿈 이루려 바다에 나가 파도를 쥐어 가슴에 부었다

날이 갈수록 그의 가슴 하얗게 타들어 가 뼈만 남았다

사내가 세상 뜨기 전 한참 동안 구름을 응시했다

그가 떠나고 바다 한쪽이 마르자 바닥에 깔린 꽃

누군가 와서 그 꽃잎 한 줌을 사내 손에 쥐여 주었다

—「바다 한 줌」 전문

가당치도 않은 꿈, 혹은 욕망이긴 하지만, 인용 시는 그러한 주제를 다루고 있다. "사내는 바다를 한 줌에 쥐려는 꿈", 곧 헛된 욕망을 품고 있기 때문이다. 하긴 욕망이 주제 넘는 것이고, 결코 합리적인 차원에서 사유되지 않는 것이라는 점에서 보면, 인용 시의 서정적 자아가 꿈꾸고 있는 욕망의 세계가 전혀 무리는 아닐 것이다. 그러나 그것이 결코 도달할 수 없는 세계임은 자아에게 남겨진, 형해화된 자아의 모습에서 확인할 수 있지 않은가.

그런데 이런 무모한 욕망의 결과가 궁극적으로 어떤 결과를 가져올 것인가를 일러주는 것 또한 허공의 상상력이다. "사내가 세상 뜨기 전 한참 동안 구름을 응시했"기 때문이다. 여기서 구름은 두 가지 의미를 갖는 것인데, 하나는 그것이 허공에 있다는 것이고, 다른 하나는 그것이 곧 흩어질 수밖에 없는 운명을 지닌 존재, 곧 허무에 있다는 것이다. 전자가 수양과 분리하기 어려운 형이상학적인 국면에 연결된 것이라면, 후자는 욕망의 결과라는 실질적인 국면과 관계가 있는 것이라 할 수 있을 것이다.

걸매리 사람들 이제 바다라 부르지 않는다
파도에 등 돌려 육지를 바라볼 뿐
녹슨 바다로 눈길 주려 하지 않는다
이제 바다는 그들의 잃어버린 심장
물길 끊긴 폐허의 핏줄이다

누군가 바다의 숨통을 막아버린 날
그 이후 바다는 분노의 몸부림이다
방조제로 바다의 염통을 옭아맨 뒤로
바다는 몸져누운 백 세의 노모다

이제 사람들 바다라 하지 않는다
포구는 그들이 떠나보낸 유년일 뿐
예전에는 바다 위로 큰길이 있었다
그 길 위로 누군가 빛을 안고 걸어갔다

이제 그 발자국 어디에도 없다
갈매기 쉰 울음만 숨 가삐 떠돌 뿐
파도는 필사적으로 제 아픈 가슴 말아 올려
텅 빈 갯벌 위에 와 쓰러져 눕는다
걸매포구에 뱃고동 소리 돌아오지 않는다

—「걸매리 사람들」 전문

욕망의 과잉이 낳은 결과가 어떤 것인지에 대해서 이 작품만큼 잘 설명해 주는 시도 없을 것이다. '걸매리'란 서해안에 있는 포구로서 아산만 방조제가 건설됨으로써 갯벌로서의 기능을 상실한 곳이다. 한정된 공간을 보다 유효하게 활용하기 위해서 만든 것이 방조제의 건설이다. 다시 말하면 생산을 보다 많게 하기 위해, 보다 경제적으로 가치 있게 하기 위해 방조제를 만든 것이다. 그러니 그것은 자연 그 자체가 아니라 인간만을 위해서, 궁극적으로는 인간의 욕망을 충족시키기 위한 것이라 할 수 있을 것이다.

욕망이 매개되어 만들어진 방조제가 생산적이고 긍정적인 결과를 가져오지 못하는 것은 당연할 것이다. 순환이라는 조화를 상실함으로써 그것은 더 이상 바다가 아니게 되고, 공존을 위한 동력을 상실했기 때문이다. 바다가 제 기능을 하지 못한다는 것은 그것이 더 이상 생산적인 가치를 갖지 못한다는 뜻이 된다. 이럴 경우에 굳이 조화가 무엇인지 섭리가 무엇인지를 묻지 않아도 된다. 그러한 감각이란 어느 한쪽이 파괴될 경우 더 이상 성립하기 어렵기 때문이다.

느티나무 한 그림자는 마을 사람 전 생애와 일치했다

마을 동구 밖에 섰던 느티나무가 허공에게 자리를 내주었다

사람들 나무 그늘 밑에 나누던 삶의 숨결이 날아갔다

나무가 사라지자 들 지나던 바람도 오지 않고,

밤마다 내려앉던 별들 모두 사라졌다

더 이상 나무가 피우던 별꽃도 보이지 않았다

사람들 지나온 생 이어주던 마디가 모두 풀어졌다

—「느티나무와 마을 사람」 전문

그러한 보편적 조화는 「느티나무와 마을 사람」에서도 예외가 아니다. 이 작품의 발상은 앞의 경우와 마찬가지로 조화의 상실에서 비롯된다. 어떤 이유에서인지는 몰라도 마을의 중심 역할을 하고 있던 느티나무는 사라졌다. 그런데 이 나무는 그 혼자만 사라진 것이 아니라 나무 그늘 밑에서 누웠던 사람들 삶의 숨결까지 사라지게 한 것이다. 그리하여 궁극적으로는 "사람들 지나온 생 이어주던 마디가 모두 풀어"진 상태로까지 만들어버리는 것이다.

공존의 공간인 자연을 보존하지 못하는 것은 인간의 책임이고, 또 도구화된 욕망의 결과이다. 욕망과 인간이 함께

살 수 없다는 것은 근대가 가르쳐준 커다란 교훈이다. 그럼에도 인간들은 끊임없이 증식하는 자신들의 욕망을 제어하지 못한 채, 계속 커다란 입을 벌리고 자신만의 이익을 위해 동분서주하고 있다. 그 입에 모든 것을 채워 넣고도 그 틈이 메워질 가능성이란 결코 보이지 않는다. 욕망이란 만족을 모르는 거식증 환자이기 때문이다. 그것은 자신만의 충족을 위해서 다른 모든 것들을 도구화 내지 수단화할 뿐이다. 자기 수양으로 나아가는 데 있어 절대적인 장애가 이 욕망의 문제에 있음을 시인은 결코 부정하지 않는다. 그것은 자신을, 혹은 사회를 훼손한 절대적인 악으로 구현되기 때문이다.

3. 곰삭은 맛과 향기의 마취력

『집 우물』에서 근원을 찾아가는 시인의 노력은 매우 끈질기고 집요하다. 그는 현재의 단절과 통합을 향한 길이 기억 속에 저장된 근원에 있음을 알고 있다. 그렇기에 그는 그것이 주는 영원한 유토피아를 향해서 순례의 길을 떠난다. 그런데 그가 그 도정에서 가장 먼저 만난 것이 아버지와 그와 관련된 추억들이다.

새벽은 숫돌에서 푸르게 날이 섰다
어둠 속에서 낫을 미시는 아버지 어깨가
두꺼운 어둠 벽을 무너뜨렸다
새벽 들길에 이슬 한 짐 지고 오셨다

내 아침잠에서 깨어날 즈음
안마당에 부리시던 아버지 지게
어둠 속에서도 점점 부풀어 올랐다
아버지 뒷동산을 지고 일어서셨다

마당에 가득 풀들이 튀어 올랐다
고요한 뜰 위로 생기를 불어넣으며
집 안은 온통 풀 내음에 출렁거렸다
하루가 새 길을 트고 있었다

종아리에 묻은 풀씨 쓸어내리며
아버지 베잠방이 주머니에서
샛노란 참외 두 개를 내놓으셨다
삼베옷에 쓱쓱 문질러 낫으로 깎아주시면
달고 시원한 맛 속으로 하루가 힘차게 달려갔다

—「새벽의 꿈」 전문

통합의 상상력 하면 가장 먼저 떠오르는 것이 모성적인 것과 그와 연관된 것들인데, 시인의 경우는 예외적으로 아버지가 첫 번째에 놓인다. 이 시집의 1부 또한 그 흐름이 아버지로부터 시작되어 있지 않은가. 이런 맥락에서 보면, 시인의 기억 속에 자리한 아버지는 무언가 특별한 것처럼 보인다. 어쩌면 그에게 아버지란 존재는 모성적인 것과 동일한 가치와 함량을 갖는 것은 아닐까. 실상 이 시집에서 어머니에 대한 추억 또한 아버지와 동일한 가치로 시의 줄기를 만들어 가고 있긴 하다. 어떻든 고향에 대한 아련한 기억에서 아버지라는 존재를 이렇게 특별히 내세우는 것은 매우 이례적인 일이라 할 수 있다.

흔히 부성父性은 모성과 대립되는 것으로 알려져 있다. 부성이란 권위적이고 태양 중심적이어서 생산의 요건과는 동떨어진 것으로 사유되어 왔다. 반면, 모성이란 인간의 근원이기에 생산의 토대로 인식되어 왔다. 그러하기에 모성은 분열된 인식을 통합하고 갈등을 봉합하며, 존재론적 완성을 이루어내는 토양으로 받아들여져 왔다. 그러나 김완하의 『집 우물』에서 부성은 통상적인 의미를 초월하는 곳에 놓인다. 그것은 모성과 대립되는 것이 아니라 공존의 관계나 혹은 보족의 관계 속에 놓여 있기 때문이다.

「새벽의 꿈」을 이끌어가는 중심 소재는 '새벽'과 '아버지'이다. '새벽'은 하루의 출발이면서 인생의 출발이 되고 있는데, 그 통로를 열어젖힌 것은 다름 아닌 아버지이다. 아버지의 숫돌 가는 소리 속에서 하루가 시작되고, 그 숫돌에 의해 갈아진 낫의 칼날로 다듬어진 참외의 시원한 맛 속에서 나의 하루 또한 시작되고 있기 때문이다. 이렇듯 아버지는 시인의 기억 중심에 자리 잡고 있으며, 시인의 하루 혹은 일생을 여는 출입구에 서 있는 것이다.

새벽어둠을 가르는
자전거 급브레이크
안마당으로 툭 하고 떨어지던 한국일보
아버지 주섬주섬 일어나서
어둠 속에서 신문을 건져 올리셨다
호롱불 앞에 바다처럼 펼치셨다

확 풍기는 기름 냄새가
코에 와 닿으면
어시장 생선처럼 튀어 오르던 활자
아버지 펼치신 신문 속 세상은 내게 멀고
아릿한 달빛 별빛 꿈결 속으로
나의 유년도 함께 달려갔다

중학생이 된 어느 날,
신문이 눈에 들어오고

시가 다가왔다
내가 먹고 자랄 꿈이 거기 돋아나 있었다
신문 한편에 실려 오는 시를 읽으며
가슴이 뛰었다

이제 아버지 떠나신 빈자리
시가 내게 남았다

—「새벽 신문을 펼치며」 전문

아버지는 화자에게 하루를 여는 존재일 뿐만 아니라 시인으로서의 길로 인도해 준 실체이기도 하다. 시인의 유년을 일깨워 준 것은 "어시장 생선처럼 튀어 오르던 활자"였고, 그는 이 활자를 통해서 세상이라는 존재를 어설프게나마 알게 된다. 그리고 그러한 세상은 얼마 가지 않아 글자로써, 곧 문자로써 다가오게 된다. 이 글자 속에서 시인은 시를 알게 되었고, 평생 자랄 꿈을 거기서 얻게 된 것이다.

물론 세상으로 향하는 길을 열어준 것 또한 아버지이다. 아버지는 현재 시인과 영원히 작별한 상태에 놓여 있지만, 그가 남긴 신문의 여백과 그 기름 냄새 속에서 살아나는 활자는 시인의 뇌리에 자리하고 있는 것이다. 실상 이러한 기억이란 어쩌면 모든 인간들이 공유하는, 지극히 일반화된 사실일지도 모르겠다. 이런 기억 없이 자란 사람이나 세대란 결코 없기 때문이다. 그런데도 이 작품이 우리에게 가져오는 의미랄까 정서는 매우 남다르다. 그것은 부성이 갖는, 시인만이 갖는 특수한 의미에서 오는 것은 아니다. 특히 이 작품을 읽어나가게 되면, 그것이 지금 여기의 현장에서 펼쳐지고 있는 듯한 착각을 불러일으킬 정도로 생생하게 환기되고 있는 것이다. 이런 면들이 이번 시집 『집 우물』의 가장 큰 특징일 것인데, 나는 그것을 우선 냄새의 매혹, 곧 향기의 마취력에서 찾고자 한다.

「새벽 신문을 펼치며」가 독자의 가슴에 생생하게 다가오는 것은 바로 이 냄새의 감각에 그 원인이 있다. 이미지란 마음속에서 일어나는 감각적 재생이다. 이 의장이 시에서 중요한 것은 감각이 주는 정서적 공감대의 폭과 확장에 있을 것이다. 새벽녘에 배달되는 신문과 거기서 풍겨져 나오는 기름 냄새의 기억을 가지고 있는 독자라면 이 시가 주는 느낌의 깊이를 충분히 이해할 수 있는 것이 아닌가.

장독대에 내리는 구름의 발자국
이슬마다 고이는 어머니 눈빛
맛의 깊이는 인심의 깊이인 걸

사라지는 맛을 찾아

잃어버린 들길로 발길 닿을 때
느티나무 그늘에 둘러앉아
비로소 마을에 안기네

맛은 우리의 새로운 과거
빠르고 쉬운 삶에 빠져
잊었던 너와 나의 얼굴이네

사라진 맛은 기다림과 정성
삶을 다스리는 숙성의 시간이네
맛도 빛과 멋으로 함께 깃들이는
마을 길을 걸어야 찾을 수 있네

푸른 텃밭의 흙살에 안길 때
더 깊은 고향에 닿을 수 있네

—「맛의 고향」 전문

맛 또한 냄새의 경우처럼 감각적 이미지에 속하는 경우이다. 이것의 특색은 앞서 말한 대로 원초적이고 근원적인 것이라는 데에 있다. 그러니 누구에게나 정서적인 공감대를 쉽게 얻을 수 있다는 뜻이 된다. 「맛의 고향」에는 그러한 정서적 공감대를 만들어내는 두 가지 축이 존재한다. 하나는 어머니이고, 다른 하나는 맛의 정서이다. 그러나 소재는 다르지만 지향하는 바는 동일하다. 모두 근원적인 것과 분리하기 어렵게 결합되어 있다는 사실 때문이다.

근대사회란 휘발적 속성으로 구성된다. 그것을 일시성, 순간성의 감각으로 규정짓고 있는데, 이는 중세의 영원과 대비되는 세계이다. 근대 사회에서 인간이란 영원을 잃고 스스로 조율해 나가는, 순간에 노출된 존재이다. 그렇기에 새로운 영원, 변치 않은 대상을 끊임없이 찾아 나서는 것이 근대인의 숙명이 되었다. 그러한 숙명은 바로 근대의 휘발적 속성에서 비롯된 것이다. 시인이 "빠르고 쉬운 삶에 빠져" 있다는 진단은 아마도 이와 밀접한 관련이 있는 듯하다. 따라서 시인이 발견한 맛은 그 반대편에 놓인, 영원의 범주에 속한다. 그러므로 그것은 어느 일순간에 만들어진 것도 아니고, 또 일회성의 차원에서 그치는 것도 아니다.

일찍이 이런 일차적인 감각을 통해서 근대적 현실을 재단하고, 이를 초월하고자 한 시인이 가람 이병기였다. 그가 주목한 것은 난의 속성이었고, 그것이 풍겨내는 향기였다. 가람에 의하면 난초는 미진微塵도 가까이하지 않는 깨끗한 것이었다. 이런 탈속의 세계가 그의 선비적 자세를 말해 주거니와 여기서 그가 한 걸음 더 나아간 것이 바로 난초의 향기였다. 책장이 넘어가며 만들어내는 바람과 거기에 실려 나오는 향기 속에서 가람은 자신 속에 잠재되었던 영원의 감각을 찾아내고자 했다. 난초와 책이 선비적인 것이기에, 가람은 성리학적 질서로부터 자유로운 존재가 아니었지만, 그럼에도 난초의 향은 그로 하여금 식민지적 토양을 초월하게끔 했고, 탈속의 경지가 무엇인지를 이해하게끔 했다.

지금 이 시대에 성리학적 감각을 이야기하는 것은 어불성설일지도 모를 일이다. 시조의 형식이 이와 밀접하게 연관된 장르이긴 하지만, 이 시대가 혹은 시조 형식이 성리학적 질서에 영향을 받는다고 단정하기는 어려운 일이다. 따라서 김완하가 탐색한 향기의 마취력이 주목받아야 하는 이유가 바로 여기에 있다고 하겠다. 그가 찾아낸 것은 가람의 서권기書卷氣나 난초의 진한 향기가 아니라 어머니의 손맛에 의해 길러진, 웅숭깊은 맛, 토속적인 향기였기 때문이다. 다시 말하면, 세속에서 걸러진 맛과 향기였던 것이다. 그래서 그는 가람과 달리 반주자학적인데, 오히려 그것이 그만의 특장이라 할 수 있을 것이다.

어머니의 장독대는 하늘과 마을이 닿은 곳. 어머니 보이지 않아 달려가면 장독대에 고개를 박고 계셨지. 어머니 항아리 속 더 큰 바다를 들여다보고 계셨지. 장독에 비친 구름을 물끄러미 읽고 계셨지

어머니 그 눈빛으로 장독대는 깊어져 갔지. 삭혀 온 시간

의 향기가 저녁 밥상에 구수한 된장으로 살아나고, 장조림의
곰삭은 빛으로 스미곤 했지

어느 날부터 그곳은 늦은 나이 시집 못 간 누이 가을로 이
어졌지. 장꽝이라 부르면 정감은 배가하고 절정은 가을에 왔
지. 늦여름 지고 선들바람 불기 시작하면 장독대는 먼저 붉
게 물이 든 감잎으로 찾아왔지. 그건 어머니가 내게 새기고
가신 노을빛 마음이었지

—「감잎으로 찾아왔지」 전문

세속에서 걸러진 맛이 영원의 감각 속에 놓이는 것이기에 어머니의 장독대가 "하늘과 마을이 닿은 곳"이라는 시인의 인식은 타당하다. 장독대는 사적으로는 시인 개인의 정서가 녹아 있는 곳이기도 하지만, 영원을 만들어내는 서정의 샘도 되기 때문이다. 영원은 편파적인 곳에서 만들어지지 않는다. 하늘과 땅, 그 어느 한쪽에서 길러지는 영원은 불구적인 것이라 할 수 있을 것인데, 만약 그곳이 함께 모여 공유될 때, 참된 의미의 영원은 만들어질 것이다. 장독대는 하늘과 마을, 곧 땅이 머무르는 공유 지대로 시인에게 다가온다. 그런데 그런 토양의 중심에 또 다른 영원인 어머니가 존재한다. 동양의 가장 중요한 삼원소인 땅과 하늘, 인간이

한데 어우러져 장독대라는 영원의 공간이 만들어지고, 거기서 영원의 맛이 숙성되고 있는 것이다. 그 맛은 시인의 기억 속에, 혹은 우리의 기억 속에 내려온 심연이라는 점에서 의의가 있는 경우이다.

4. 원초적 자연의 세계

『집 우물』에서 펼쳐 보인, 근원에 대한 시인의 정열은 매우 집요하게 나타난다. 그만큼 시인에게 근원은 정언명령과도 같은 것이었다. 이는 다른 말로 하면, 거의 생리적인 차원의 것이기도 했다. 그런 사례를 보여주는 시가 「평창 순두부」이다.

버클리대에서 텔레그래피 에비뉴를 따라
오클랜드 다운타운을 향해 남쪽으로 달리면
제일 먼저 정답게 맞아주는 곳

평창 순두부

뒤를 이어서,
전골 하우스 산마루

강남 월남 국수
서울 곰탕
깡통 돼지
포장마차 단성사
삼원 식당 고기 타임

평창의 안부가 궁금하면 달려와
순두부 한 그릇 먹고 간다

일찍이 세계 속에 깃발을 세운 평창이
2018년 평창 동계올림픽으로
세계인을 불러들여 큰 잔치 벌인다

흥겨운 한마당 축제를 생각하면
가슴 가득 차오르는 기쁨
뜨끈한 순두부 한 그릇 후딱 먹고
평창의 힘으로 달려간다

—「평창 순두부」 전문

이 작품은 버클리 방문학자로 시인이 미국에 갔을 때 쓴 시이다. 이 시집 2부의 작품들이 모두 그 경험을 토대로 쓰

여진 것들이다. 외국 체험이란 토속의 저편에 놓인 것이어서 매우 낯선 경험으로 다가오는 것이 사실이다. 따라서 그것이 시의 영역으로 들어올 경우, 대부분 엑조티시즘의 경향으로 기울기 마련이다. 근대 초기 외국을 처음 경험한 시인들이 모더니스트로 자칭하고, 그런 경험이 마치 현대시의 새로운 형태인 양 사유한 것은 잘 알려진 일이다. 그러나 김완하 시인의 경우는 버클리의 경험이 매우 색다른 지대에서 구성된다. 그는 특이성에 주목하는 것이 아니라 거기서 발견할 수 있는 차별성, 곧 근원에 대해 주목하고 있기 때문이다.

이 작품을 이끌어가는 핵심 기제 역시 맛이다. 거기에 평창이라는 고유지명이 가미되었으니 그 감각은 더욱 깊어질 수밖에 없고, 또 이를 읽는 독자 또한 동일한 정서의 공감대를 가질 수밖에 없는 것이다. 어떻든 시인이 사유하는 '평창'과 '순두부'는 단지 외국에서 성찰한 고국에 대한 단순한 향수의 차원은 결코 아니다. 그것은 현재를 초월하고 근원으로 나아가고자 하는 시인의 강렬한 열망에서 비롯된 것이기 때문이다.

물 빠진 갯벌은 뜨겁게 살아 있다
찰진 갯벌의 흙살을 파헤치면
생의 활력을 깨우는 페로몬 향기

낙지가 빨아들인 뻘이 꿈틀댄다

갯벌 구멍을 열면 그 안에 깊이 숨 쉬는 낙지
맨발로 갯벌에 빠져 두 손으로 움켜쥐면
낙지의 뒤틀리는 온몸의 힘으로
두 발목을 뻘 속으로 끌고 간다

파도에 부서지는 바다의 아우성도
가슴에 끌어안는 갯벌의 모성
하루 두 번씩 낙지는 갯벌 속으로
바다를 힘껏 빨아 당기고 뱉어낸다

뻘 속에 힘찬 생의 삽날 들이밀면
아, 낙지의 뻣세고 뻣센 꿈틀거림
그 힘은 한낮 갯벌을 뜨겁게 달구고
어둠 속 별빛을 더 깊이 쓸어안는다

—「갯벌 낙지를 잡으며」 전문

「걸매리 사람들」에서 시인이 파악한 바다는 바다로서의 기능을 못 하는 죽음의 공간이었다. 이곳이 이렇게 죽음의 공간으로 바뀐 것은 인간의 그릇된 욕망이 빚어낸 결과 때문이었다. 욕망은 그 자신만의 한계에서 그치는 것이 아니라 이렇듯 모두의 생존 공간을 파괴하는 무법자로 작용하고 있다. 욕망이 궁극적으로 수양과 관련될 수밖에 없는 것은 모두 여기에 그 원인이 있을 것이다. 시인이 「노루귀」라는 시에서 노루귀의 순수를 담고자 했던 것도 이 때문이다.

욕망과 탐욕이 사라진 자리가 「갯벌 낙지를 잡으며」에서 펼쳐지고 있는 살아 있는 갯벌의 세계일 것이다. 이 갯벌은 걸매리 바다를 죽음의 공간으로 만든 방조제가 있는 곳이 아니다. 다시 말해 욕망의 결과가 만든 바다가 아니라 말 그대로 자연 그대로의 바다인 셈이다. 우선, 이 작품을 이끌어가는 핵심 기제 역시 '향기'이다. 게다가 그것은 단순한 냄새가 아니라 이성을 끌어들이는 매혹의 향기, 곧 '페로몬'이다. 향기가 매혹인 것은 그것이 사랑이라는 조화, 그리고 생산과 관련되어 있기 때문이다.

이렇듯 시인이 발견한 향기란 매혹이며, 그것은 생산을 예비한다. 따라서 이 향기는 죽은 바다에서는 발견되지 않는다. 오직 살아 있는 바다, 생명이 넘실대는 공간 속에서만 풍겨 나온다. 그리하여 갯벌의 모든 물상들에게, 아니 지상의 모든 대상들에게 생명의 공기를 넣어준다.

『집 우물』의 가장 전략적 소재는 바로 향기, 곧 냄새의 마취력이다. 이 냄새를 매개로 갈등은 무화되고 부조화 또한 소멸된다. 뿐만 아니라 일시적이고 순간적인 것들 또한 웅숭깊은 어머니의 손맛으로 새로운 탄생을 예비한다. 곧 영원의 길로 인도하는 것이다. 다시 말해 그것은 영원의 냄새로 거듭 태어나는데, 이를 가능케 한 것이 바로 향기의 마취력이다. 이 매혹 속에서 근대의 휘발적 속성이라든가 죽은 바다, 혹은 부조화의 세계는 더 이상 설 자리를 잃고 만다. 심연의 맛과 매혹의 향기 속에서 순간의 악취들은 소멸되고 영원의 향기로 거듭 태어나는 것이다. 시인이 이번 시집에서 발견한 자기 수양의 세계는 바로 이 맛의 세계, 향기의 마취력에 있었던 것이다.